Que no t'expliquin contes!

Primera edició: març del 2020

Ara Llibres
Pau Claris, 96, 3r 1a
08010 Barcelona
www.arallibres.cat

L'equip de l'editorial Amsterdam que ha treballat per fer possible aquest llibre està format pel director editorial de Som*, Joan Carles Girbés; l'editor, Miquel Adam; l'editor de taula, Eduard Hurtado; la *publisher*, Maika Pascual; l'equip de comunicació i màrqueting, Roser Sebastià i Marta Abella; el cap de producció, Enric Rújula; i l'equip d'administració i finances, Alba Morcillo i Sònia Herrera.

Disseny i maquetació: Gerard Freixas
Correcció: M. Mercè Riu i Esperança Sierra

En aquest conte només surt una paraula amb accent diacrític il·legal, però s'ha respectat perquè l'autora considera un error haver-los eliminat. Amb la quantitat de coses que sobren i va i es carreguen els diacrítics. No s'entén. Ella no ho entén.

ISBN: 978-84-17918-22-4
Dipòsit legal: B.1231-2020

Aquest llibre s'ha imprès a Liberdúplex amb paper ecològic i lliure de clor, òfset blanc Ambergraphic de 170 grams, i ha estat compaginat amb cos 14 de la tipografia Bell MT.

Que no t'expliquin contes!

Natza Farré

AMS
TER
DAM

Gala Pont

Plovia i la Lluïsa era a casa amb els seus llibres. Els llegia i els rellegia i els recitava de memòria. Totes aquelles històries li agradaven tant com les galetes de mantega que feia el seu avi. També es divertia molt quan practicava esgrima, quan es trobava amb els amics i quan es posava samarretes tres talles més grans.

Com que era molt aficionada a la fotografia, la seva mare li havia regalat una càmera per l'aniversari. La Lluïsa, sempre que podia, demanava a la gent si els podia fer un retrat. A vegades era una mica pesada, però almenys no es passava el dia fent-se *selfies* per penjar-les a Instagram. I era l'única de la classe que tenia una càmera. Per això, aquell dia, mentre es mirava els llibres, va decidir que aniria a fotografiar tots els personatges que hi sortien.

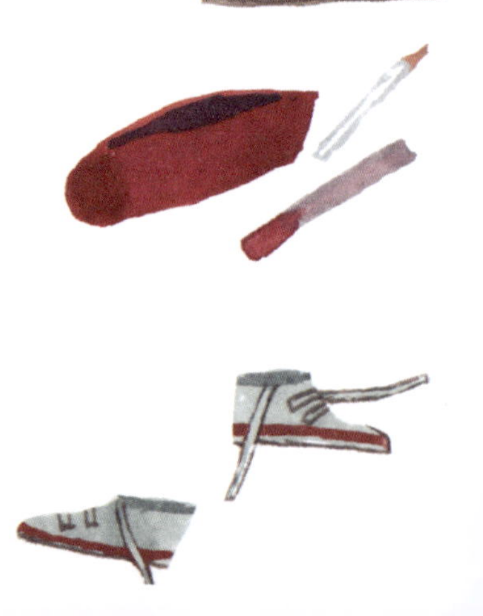

Però com ho faria per trobar tota aquella gent? On vivien? La seva mare sempre ho trobava tot a l'ordinador. Li'n va demanar la contrasenya, amb l'excusa que havia de buscar informació per als deures de l'escola. Era mentida, però una mentida petita. Perquè de mentides n'hi ha de diferents mides.

De seguida va trobar el que buscava. Això és força estrany, perquè moltes vegades la gent es passa hores mirant per internet i no hi troba res. O potser és que es distreuen amb els anuncis, que apareixen pertot arreu. *Viatges amb la Caputxeta Vermella*, va llegir la Lluïsa. No s'ho podia creure! La Caputxeta Vermella havia obert una agència de viatges! I oferia rutes personalitzades per anar a conèixer personatges de contes i de llegendes!

Som-hi!, va clicar.

Vull dir, va pensar.

I també va clicar.

Després.

La Caputxeta va explicar a la Lluïsa que havia muntat aquell negoci no perquè fos emprenedora, sinó perquè la pensió que cobrava la seva àvia era molt justa.

La Caputxeta era una guia reconeguda per tothom, coneixia els camins i tots els seus perills. Amb el que guanyava podien viure totes dues sense haver de patir tant per arribar a final de mes.

—Però, aleshores, si tu fas tants viatges, l'àvia passa molts dies tota sola! —va dir, preocupada, la Lluïsa.

—Sí —va explicar la Caputxeta—, per això queda sovint amb el Llop, per mirar alguna sèrie de por o per anar a comprar. Però l'àvia se sap cuidar tota sola.

La Lluïsa no ho entenia. Se suposava que el Llop era malvat i perillós.

—El Llop no fa mal a ningú. Qui fa mal és la gent que deixa persones com la meva àvia, que ha treballat tota la vida, sense una pensió digna. I no em facis dir noms!

Així, el Llop és bo i els dolents són els que han deixat l'àvia en la pobresa? I per què no volia dir noms? Segur que la Lluïsa no els coneixia. Hi ha tanta gent al món, que és impossible conèixer tothom. Començava a adonar-se que encara li quedava molt per aprendre.

Van quedar que l'endemà començarien el viatge. La Caputxeta, casualment, tenia lliure aquella setmana. Com que era autònoma agafava totes les feines que li sortien. Però, com a tothom, també li agradava no haver de treballar sempre. Abans d'acomiadar-se, la Lluïsa va comentar a la Caputxeta:

—No m'has dit quant em costarà, aquest viatge.

—El teu avi fa galetes de mantega. Ho sé perquè ho he llegit abans. Porta'n una capsa a la meva àvia. Li agradaran.

—I per a tu?

—Ja ho trobarem pel camí, no t'amoïnis.

GALETES

Quan feia una estona que caminaven, es van aturar davant d'una casa minúscula. Hi vivia la Rateta que escombrava l'escaleta. La Caputxeta va trucar al timbre i la Rateta va obrir de seguida.

—Hola, Rateta, la Lluïsa et volia conèixer en persona i fer-te un retrat. Que podem passar?

—I tant —va dir la Rateta—, fa molt que ningú no em ve a veure. Voleu una mica de formatge?

—Sí, gràcies —va respondre la Lluïsa. Tenia gana. I no podia deixar de mirar pertot arreu.

—Ja veig el que estàs buscant, però no cal que t'hi escarrassis. No he tingut mai cap escaleta. En realitat, m'he passat la vida fregant les escaletes dels altres.

La Lluïsa no deixava de sorprendre's. Ni de menjar formatge, mentre a fora es feia fosc.

—Aleshores, no t'has casat amb un gat?

—No m'he casat amb ningú! Només m'hauria faltat això, amb tota la feinada que tinc. I a mi un gat no em toca ni un pèl!

La Rateta no semblava aquell personatge tan presumit del conte.

—Vaig tenir un parell de pretendents. Una rateta i un ratolí. Però eren excessivament exigents i demanaven massa explicacions.

A vegades, les ratetes tenen ganes d'estar soles i fer la seva. Ella estava contenta, amb la seva vida. No calia donar-hi més voltes. La mare de la Lluïsa tampoc no tenia cap pretendent ni cap pretendenta i sempre estava de bon humor. Llevat quan tenia mal de cap. Aleshores semblava un ogre. Se'n trobarien cap? D'ogres diuen que n'hi ha a tot arreu.

Quan van marxar, la Rateta es va posar a escombrar.

El terra.

Era ben polida.

Potser, fins i tot, una mica massa.

13

L'endemà van anar a visitar la madrastra de la Blancaneu. La Lluïsa, en realitat, volia conèixer la Blancaneu, el príncep i tots els seus fills, però la Caputxeta li va dir que la madrastra era molt més interessant. La Lluïsa tenia por, perquè sabia que era una bruixa, però la Caputxeta ja l'havia avisada abans de començar el viatge: les bruixes no existeixen.

Quan van trucar al timbre, van sentir una veu greu que els deia que passessin.

—Passeu, passeu!

La casa era plena de flors i feia una olor molt bona. Quan van arribar a la cuina, van trobar-hi una dona amb xandall bevent aigua.

—Acabo d'arribar de córrer —els va dir—. Voleu una poma?

La Lluïsa de seguida va pensar que la poma potser estava enverinada i va respondre amb una veu molt prima:

—Jo no.

Sí que tenia por, sí!

La Caputxeta, en canvi, se'n va menjar dues.

—Ho veus? —va dir picant-li l'ullet—. No passa res!

I després es va dirigir a la madrastra.

—Li hauràs de demostrar que les bruixes no existeixen, perquè a mi no m'acaba de creure!

—Hahahahahaha! —va riure la madrastra de la Blancaneu, que tenia un nom, però amb els nervis ningú no el recordava.

—L'únic que et puc dir és que la Blancaneu i jo sempre hem tingut una bona relació.

—Però si la vas enverinar!

—No, dona, no! Si jo no sóc capaç ni de matar una mosca! El que va passar és que la Blancaneu va tenir unes galteres molt fortes i no podia sortir del llit. Jo li vaig anar a buscar totes les herbes que curen i em vaig quedar amb ella fins que es va trobar millor. I li vaig fer molts petons, perquè els petons, quan te'ls fa algú que t'estima, sempre curen! És quan te'ls fa el primer que passa, que et poses malalta.

La Lluïsa feia estona que tenia pipí. Va demanar d'anar al lavabo i, quan va ser a dins, va provar de parlar amb el mirall.

Res.

El mirall no deia ni piu.

—El teu mirall no és màgic —va dir en sortir.
—No et sembla prou màgic veure't reflectida en un mirall? Hahahaha!

Va tornar a riure. Ja estava acostumada que tothom la prengués per una bruixa. I li era ben igual.

Quan es va fer de nit, la Caputxeta va portar la Lluïsa a dormir a un alberg que, per sort, no era ple de turistes. La Caputxeta trobava que els turistes feien massa soroll, i no suportava tant xivarri. Li agradava molt divertir-se, però quan es divertia mirava de no molestar tota una ciutat. I això que es dedicava al turisme... però a la Caputxeta hi havia moltes coses que la disgustaven.

La Lluïsa havia triat el llit de dalt de la llitera, perquè li semblava que així volava una mica. Només de ficar-s'hi es van adormir de seguida. Estaven cansades. L'endemà els esperaven la Gretel i en Hansel ben d'hora, ben d'hora.
Bé, en realitat, no tan d'hora, ja que cap de les dues no tenia intenció de ser imparable.

Quan es van despertar, tenien companyia. La Campaneta, una fada molt petita, les mirava amb els ulls ben oberts. Era amiga de la Caputxeta i va demanar si es podia apuntar al viatge amb elles. A la Caputxeta li costava dir que no. Només deia que no a les ofertes dels bancs, a les persones que buscaven socis per a les ONG pels carrers, als venedors de bíblies, a les companyies de telèfons mòbils, i als pares i mares que li demanaven fer de cangur. Ben pensat, a la Caputxeta no li costava tant dir que no.

Després d'esmorzar, les tres van dirigir-se cap a la casa de la Gretel i en Hansel. La Lluïsa va preguntar si no hi podien anar volant, ja que la fada tenia el poder de fer volar la gent. La Campaneta va haver de recordar-li que, segons la nova normativa, els menors d'edat no poden volar sense els seus pares. Així que van haver de continuar caminant. A la Lluïsa li començaven a fastiguejar tantes normes. Al final, les nenes no podrien fer res i serien tan poc lliures com els adults. Hauria de començar a desobeir aviat si no volia perdre tots els seus drets.

Quan van arribar a casa de la Gretel i en Hansel, es van trobar el noi al sofà jugant a la Play. La Caputxeta va preguntar on era la seva germana, però ell no va respondre. La Campaneta es va apuntar a jugar a la Play. Era molt bona.

Va aparèixer, no se sap d'on, una dona molt gran, devia tenir uns quaranta anys o potser fins i tot més, que les va convidar a menjar pastís. La Lluïsa no entenia res. Qui era aquella dona? Podia ser que la bruixa que es volia menjar en Hansel ara els oferís un tros de pastís per engreixar-les i menjar-se-les a elles? Ja sabia que les bruixes no existien, però... Una veu aguda les va cridar. Era la Gretel, que arribava ben contenta.

—Ei, veig que ja coneixeu la nostra veïna, la senyora Pastís.

Va entrar a casa i se'n va anar cap al sofà on seia el seu germà. Li va fotre quatre crits, res de l'altre món, la típica baralla de tota la vida entre germans.

La senyora Pastís parlava poc, però va explicar a la Lluïsa que una vegada la Gretel i en Hansel es van perdre al bosc i que ella els havia trobat a la nit, quan passejava amb el gos, i els va portar cap a casa. Des d'aleshores era com de la família.

La Lluïsa estava trasbalsada.

—Em fa molta ràbia quan expliquen coses de la nostra vida que no són veritat —va dir la Gretel amb calma—. Però, ja ho veus, les *fake news* no són un invent d'ara. Fa segles que existeixen. No hi ha res a fer. Per això està molt bé que vulguis conèixer de primera mà les protagonistes dels contes que t'han explicat. Així ara en podràs explicar la teva pròpia versió. Què? Juguem?

La Lluïsa i la Gretel van començar a fer el ximple i a riure com unes lloques. Finalment, en Hansel va deixar la Play i es va afegir a la festa. Sempre són més divertides dues nenes que xalen que no pas una videoconsola. En Hansel no era tan ruc com això.

La propera parada era la casa de la Ventafocs. La Campaneta no les va acompanyar fins a la porta perquè abans d'arribar-hi es va trobar amb la fada de la Ventafocs. Es veu que havien de comentar un tema del Sindicat de Fades, i els va dir que ja es trobarien més tard. S'estaven organitzant per fer una vaga mundial de fades, perquè la societat s'adonés que, sense fades, el món no tiraria endavant. No era fàcil. Hi havia fades que ja estaven contentes amb la vida que tenien i no volien problemes. N'eren poques, però. La majoria estaven cansades que els seus superpoders fossin molt menys valorats que els dels mags o els superherois. Elles tenien els mateixos drets. Bé, de fet, no els tenien. Per això els havien d'aconseguir. Les fades no porten bé la discriminació. Ningú no l'hauria de portar bé. Tampoc els mags ni els superherois.

Mentre les fades xerraven, la Lluïsa i la Caputxeta van avançar cap a la casa de la Ventafocs. Al jardí hi van trobar un sabater. Era un home petit que feia anys que dissenyava sabates còmodes i que les havia batejades amb el nom de vambes. Era amable, però no xerrava gaire. A la Lluïsa ja li estava bé. A vegades sentia homes a la ràdio que parlaven tant que només feien que dir bajanades. Homes que expliquen a les dones històries que les dones coneixen molt millor que ells. Però aquell sabater no era així. Només va dir que segur que la Ventafocs estaria contenta de rebre visites.

La Ventafocs, efectivament, les va saludar amb molta alegria. La fascinava conèixer gent nova.

—Sempre s'aprèn, dels altres. Fins i tot quan els altres són uns tanoques! Que no és el vostre cas, naturalment.

La Ventafocs tenia les idees molt clares, però escoltava amb atenció i sabia canviar d'opinió quan li oferien els arguments adients. Això també li passava, a la Lluïsa, i li va semblar que elles dues s'entendrien.

La Ventafocs les va convidar a dinar amb la família. Vivia amb les seves germanastres.

—Com? Però si vosaltres us odiàveu! —va exclamar la Lluïsa mentre es fregava els ulls.

—Quan la vam conèixer —va dir la més petita—, ens va caure molt malament, perquè era molt repel·lent i sempre ens portava la contrària.

—És veritat. Totes dues coses, vull dir —va afegir la Ventafocs.

—Però érem petites. Després, quan vam ser més grans, a ella van començar a fer-li mal els peus i patia molt. Vam anar a buscar el millor sabater de la comarca perquè li fes unes sabates més còmodes i de la seva mida.

La Ventafocs calçava un 44 i tenia galindons. Va coincidir que el millor sabater era un príncep, però com que era un príncep que volia treballar, havia hagut de renunciar a ser príncep per poder fer de sabater.

La Ventafocs es va calçar una de les seves vambes. Va deixar de tenir aquell terrible mal de peus i va voler conèixer el sabater per agrair-li la feina. De seguida se'n va enamorar. Tant era que la Ventafocs li passés cinc pams! El príncep sabater era una persona amb principis i el seu esport preferit era el ping-pong, que resulta que era el mateix que el de la Ventafocs. Es van casar per una qüestió burocràtica, sense fer cap banquet i sense fer el ridícul.

—Aquesta societat és plena de contractes, però per amor encara no hem signat cap document —va dir la Ventafocs.

Quan van marxar de casa de la Ventafocs, a més de pair el dinar, la Lluïsa necessitava pair tota la informació que havia rebut aquells dies. Li semblava que els pensaments li sortien per les orelles. L'endemà havia de tornar cap a casa i es moria de ganes d'explicar-ho tot a la seva mare, a qui de tant en tant enviava un whatsapp amb el mòbil de la Caputxeta per dir-li que tot anava bé i que no es preocupés. La mare no es preocupava, perquè, quan les coses van bé, preocupar-se és una pèrdua de temps. I no es va enfadar per la mentida petita que li havia dit la seva filla. Li va dir, això sí, que li agradaria que confiés prou en ella per explicar-li sempre la veritat. Però no calia confessar-ho tot.

A vegades la Lluïsa no entenia la seva mare, però ho trobava normal. Les mares s'emboliquen.

Com els pares.

Com tothom.

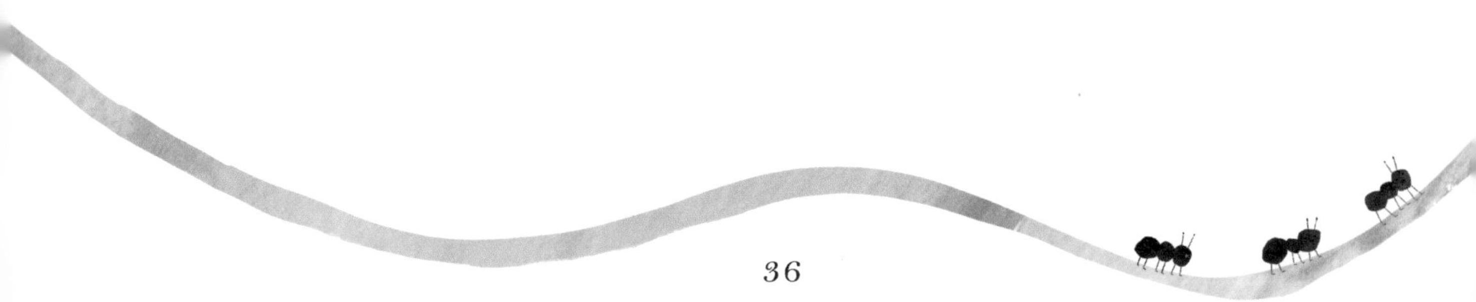

17:48
Mama
Nina, ja sé que estàs bé, però, t'has dutxat i rentat el cap algun dia?
Mare, això és molt emocionant!
Tinc moltes ganes que m'ho expliquis tot però no t'oblidis de rentar-te el cap!
Ara marxem! t'estimo, mare

L’última parada era a la casa de la Bella Dorment. Sempre estava plena de calma. Ella no hi era gaire. Com que era una persona que no li calia dormir, perquè ja havia dormit durant tot un segle sencer, es passava quasi tot el dia i tota la nit investigant i buscant remeis per a malalties molt greus. Quan van arribar, la Bella Dorment no hi era, és clar.

La casa estava tan desendreçada que la Lluïsa es va emocionar, perquè ella també era molt desendreçada. Es va sentir tan bé en veure tot aquell desgavell de plats per fregar i llibres per terra que es va adormir de seguida. Quan es van despertar, la Bella Dorment encara no havia arribat i la Lluïsa va decidir deixar-li una nota.

«M'agrada molt casa teva. No hem tocat res, perquè el teu desordre és perfecte. M'ha decebut una mica no conèixer una persona tan interessant com tu, ara que sé que no et passes el dia dormint. La gent que es passa el dia dormint no la trobo interessant. Potser ens veurem un altre dia.»

En realitat, si ho pensava bé, no coneixia ningú del seu entorn que es passés el dia dormint. Només per vacances s'adonava que la gent es llevava una mica més tard del que era habitual. Ella també. Visca!

La Lluïsa havia gaudit, durant el viatge, però mentre el recordava es va adonar que li faltava alguna cosa. No havia fet cap retrat! Com podia ser tan despistada? Es va posar a plorar. Desconsoladament. Com quan sents una tristesa tan gran que no te la treu ni un conte ni dos.

Però la Caputxeta tenia la solució. Encara que ella creia que la memòria és un gran arxiu fotogràfic que no necessita càmeres, va organitzar una festa de comiat amb tots els personatges que havien visitat. Els va dir que era molt important per a la Lluïsa i que a la vida ja hi ha prou disgustos per afegir-n'hi de nous.

S'hi va presentar tothom. També la Bella Dorment. Finalment la Lluïsa la va poder conèixer. Es van caure tan bé que la Lluïsa va decidir que quan fos gran seria científica i tindria la casa ben desendreçada. I com que una festa sense música no és una festa, van convidar els músics de Bremen. El flautista d'Hamelín no el van convidar, perquè era molt pesat.

La Lluïsa va tenir el retrat més bonic del món. Potser seria científica i fotògrafa.

I la Lluïsa, com va pagar el viatge a la Caputxeta?

Doncs li va regalar unes vambes de color verd que li va donar el sabater. La Caputxeta, com tothom, necessitava anar còmoda per caminar. I la Lluïsa trobava que el verd combina molt bé amb el vermell.

L'equip de la cooperativa Som* ens adherim a la vaga mundial que organitza el Sindicat de Fades, conscients que, sense fades, el món no tirarà endavant.

Agraïm el temps que has dedicat a la lectura d'aquesta obra de l'editorial Amsterdam i t'animem a compartir la teva opinió amb noves lectores i nous lectors i a fer-nos arribar les teves sensacions mitjançant les xarxes socials. Els teus comentaris donen sentit a la nostra feina i ens ajuden a impulsar més lluny cada nova proposta editorial.

#QueNoTExpliquinContes